LES

CONTES D'HOFFMANN

OPÉRA

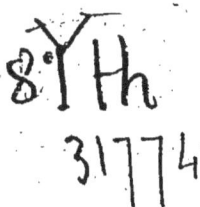

Représenté pour la première fois à Paris,

Sur le théâtre de l'OPÉRA-COMIQUE, le 10 février 1881.

ÉDITION SPÉCIALE

De la version donnée par M. Raoul Gunsbourg,

Sur le THÉATRE DE MONTE-CARLO,

le 25 février 1904.

CALMANN-LÉVY, ÉDITEURS

DU MÊME AUTEUR
Format grand in-18.

IMPRIMERIE CHAIX, RUE BERGÈRE, 20, PARIS. — 1628-1-04. — (Encre Lorilleux).

LES CONTES
D'HOFFMANN

OPÉRA
EN TROIS ACTES, CINQ TABLEAUX

PAROLES DE

J. BARBIER

MUSIQUE DE

J. OFFENBACH

D'APRÈS LE DRAME DE J. BARBIER ET MICHEL CARRÉ

PARIS
CALMANN-LÉVY, ÉDITEURS
3, RUE AUBER, 3

PERSONNAGES

HOFFMANN. . . . . MM. ALVAREZ.
COPPÉLIUS. . . . .)
DAPERTUTTO . . . . } RENAUD.
LE DOCTEUR MIRACLE. . . . .)
SPALANZANI. . . . . }
CRESPEL. . . . . } CHALMIN.
COCHENILLE. . . . . }
PITICHINACCIO. . . . . } STUART.
FRANTZ. . . . .)
SCHLEMIL . . . . BAER.
NATHANAËL. . . . . GIRERD.
MAITRE LUTHER . . . . CRUPPENINCK.
HERMANN . . . . ERMAND.
WILHELM. . . . . LANDELLE.

OLYMPIA. . . . .)
GIULIETTA. . . . . } Mmes CAVALIERI.
ANTONIA. . . . .)
NICKLAUSSE. . . . . THÉVENET.
LE FANTOME. . . . . DESCHAMPS-JEHIN.
FULBIA. . . . . LECŒUR.

ÉTUDIANTS, GARÇONS DE TAVERNE,
INVITÉS DE SPALANZANI,
VALETS.

LES CONTES D'HOFFMANN

PROLOGUE

LA TAVERNE DE MAITRE LUTHER.

Intérieur d'une taverne allemande. Au fond, à droite, en pan coupé, grande porte donnant sur la rue. A gauche, en pan coupé, une fenêtre à petits vitraux. Dans le milieu un large enfoncement rempli de petits tonneaux symétriquement rangés autour d'un tonneau colossal surmonté d'un petit Bacchus tenant une banderole qui porte en exergue : « Au tonneau de Nuremberg. » Au-dessus des tonneaux s'étagent des rayons garnis de flacons de toutes formes. Devant le grand tonneau, un petit comptoir. Portes latérales. Sur le premier plan, à gauche, un grand poêle, à droite, une horloge de bois et une petite porte cachée dans la boiserie. Cette boiserie s'étend sur la muraille tout autour de la salle, à hauteur d'homme. Çà et là, des tableaux et des bancs.

SCÈNE PREMIÈRE

NATHANAËL, HERMANN, WILHELM, LUTHER.

LE CHŒUR.

Drig! drig! drig! maître Luther,
Tison-d'enfer!
Drig! drig! drig! à nous ta bière,
A nous ton vin
Jusqu'au matin,
Remplis mon verre!

Jusqu'au matin
Remplis les pots d'étain !
Les étudiants s'assoient, boivent et fument dans tous les coins.
Eh ! Luther!... ma grosse tonne!
Qu'as-tu fait de notre Hoffmann ?

WILHELM.

C'est ton vin qui l'empoisonne !

HERMANN.

Tu l'as tué, foi d'Hermann !

TOUS.

Rends-nous Hoffmann !

LUTHER, à part.

Au diable Hoffmann !...

NATHANAËL.

Morbleu! qu'on nous le rapporte,
Ou ton dernier jour a lui !...

LUTHER.

Messieurs, il ouvre la porte
Et son ombre est avec lui !

TOUS.

Vivat! C'est lui !

SCÈNE II

LES MÊMES, HOFFMANN, NICKLAUSSE.

HOFFMANN, d'un air sombre.

Bonjour, amis !

NICKLAUSSE.

Bonjour !

HOFFMANN.

Un tabouret! un verre!

Une pipe!...

NICKLAUSSE, railleur.

Pardon, seigneur!... Sans vous déplaire,
Je bois, fume et m'assieds comme vous!... part à deux!

LE CHŒUR.

C'est juste!... Place à tous les deux!

Hoffmann et Nicklausse s'assoient, Hoffmann se prend la tête entre les mains.

NICKLAUSSE, fredonnant.

Notte e giorno mal dormire...

HOFFMANN, brusquement.

Tais-toi, par le diable!

NICKLAUSSE, tranquillement.

Oui, mon maître!...

NATHANAËL, à Hoffmann.

Oh! oh! d'où vient cet air fâché?

WILHELM.

C'est à ne pas te reconnaître.

HERMANN.

Sur quelle herbe as-tu donc marché?

HOFFMANN.

Hélas! sur une herbe morte
Au souffle glacé du nord!...

NICKLAUSSE.

Et là, près de cette porte,
Sur un ivrogne qui dort!

HOFFMANN.

C'est vrai!... Ce coquin-là, pardieu! m'a fait envie!
A boire!... et comme lui couchons dans le ruisseau.

NATHANAËL.

Sans oreiller?...

HOFFMANN.

La pierre!

WILHELM.

Sans rideau?

HOFFMANN.

Le ciel!

HERMANN.

Sans couvrepied?.

HOFFMANN.

La pluie

NATHANAËL.

As-tu le cauchemar, Hoffmann?...

HOFFMANN.

Non!...

NICKLAUSSE.

Il s'ennuie.

NATHANAËL.

Pour te désennuyer,
Bois donc!... Et chante aussi, sans te faire prier.
Nous ferons chorus.

HOFFMANN.

Soit!...

WILHELM.

Quelque chose de gai!

HERMANN.

La chanson du Rat!

NATHANAËL.

Non! moi, j'en suis fatigué.
Ce qu'il nous faut, c'est la légende
De Klein-Zach!...

TOUS.

Oui, bravo! Klein-Zach!...

HOFFMANN.

Va pour Klein-Zach!

Il était une fois à la Cour d'Eysenach
Un petit avorton qui se nommait Klein-Zach!
Il était coiffé d'un colbac
Et ses jambes faisaient clic clac!
Clic clac!...
Voilà Klein-Zach!

LE CHŒUR.

Clic clac!
Voilà Klein-Zach!

HOFFMANN.

Il avait une bosse en guise d'estomac,
Ses pieds ramifiés semblaient sortir d'un sac;
Son nez était noir de tabac
Et sa tête faisait cric crac,
Cric crac!...
Voilà Klein-Zach!

LE CHŒUR.

Cric crac!
Voilà Klein-Zach!

1.

HOFFMANN.

Quant aux traits de sa figure...

Il semble absorbé peu à peu dans son rêve.

Quant aux traits de sa figure...

Il se lève.

Ah ! sa figure était charmante... Je la vois
Belle comme le jour où, courant après elle,
Je quittai comme un fou la maison paternelle
Et m'enfuis à travers les vallons et les bois !
Ses cheveux en torsades sombres,
Sur son col élégant jetait leurs chaudes ombres.
Ses yeux, enveloppés d'azur,
Promenaient autour d'elle un regard frais et pur !
Et comme notre char emportait sans secousse
Nos cœurs et nos amours, sa voix vibrante et douce
Aux cieux qui l'écoutaient jeta ce chant vainqueur
Dont l'éternel écho résonne dans mon cœur !

NATHANAËL.

O bizarre cervelle !

Qui diable peins-tu là ?... Klein-Zach ?

HOFFMANN.

Je parle d'elle !

NATHANAËL, lui touchant l'épaule.

Qui ?

HOFFMANN, sortant de son rêve.

Non !... personne... rien ! mon esprit se troublait !
Rien !... Et Klein-Zach vaut mieux tout difforme qu'il est !...
Quand il avait trop bu de genièvre ou de rack,
Il fallait voir flotter les deux pans de son frac
Comme des herbes dans un lac !...
Et le monstre faisait flic flac !...
Flic flac !
Voilà Klein-Zach !

LE CHŒUR.

Flic flac !
Voilà Klein-Zach !

HOFFMANN, jetant son verre.

Peuh !... Cette bière est détestable !...
Allumons le punch ! grisons-nous !
Et que les plus fous
Roulent sous la table !...

LE CHŒUR.

Oui, grisons-nous !...

Mouvement général. On éteint les lumières, Luther allume un immense bol de punch,
une lumière bleuâtre éclaire la scène.

NICKLAUSSE.

A la bonne heure au moins ! voilà que l'on se pique
De raison et de sens pratique !
Peste soit des cœurs langoureux !

NATHANAËL.

Gageons qu'Hoffman est amoureux !

HOFFMANN, avec un sourire douloureux.

Amoureux !

NICKLAUSSE.

Voici l'instant de tenir ta promesse.
A nos amis tu dois toujours
Le récit des tourments de ta triste jeunesse ;
Conte-leur ta souffrance et la longue détresse
De tes amours.

HOFFMANN, à Wilhelm.

Oui, disais-je, avant que je meure
Vous aurez le secret de mon long désespoir.
Nicklausse a raison, voici l'heure.
On ne sait qui vivra ce soir.

NATHANAËL.

Il est fou. Son esprit est noir
Comme le cœur de sa maîtresse.

HOFFMANN.

Ma maîtresse !
Dans une seule femme, amis, j'eus trois maîtresses,
Trio charmant d'enchanteresses
Qui se partagèrent mes jours !
Voulez-vous le récit de ces folles amours.

LE CHŒUR.

Oui, oui !... Écoutons ! il est doux de boire
Au récit d'une folle histoire
En suivant le nuage clair
Que la pipe jette dans l'air !.

HOFFMANN, s'asseyant sur le coin d'une table.

Je commence.

LE CHŒUR.

Silence !

HOFFMANN.

Le nom de la première était Olympia !

ACTE PREMIER

OLYMPIA

Un riche cabinet de physicien donnant sur une galerie dont les portes sont closes par des tapisseries, portes latérales fermées également par des portières. Le théâtre est éclairé par des bougies.

SCÈNE PREMIÈRE

SPALANZANI, seul, il tient la portière de droite soulevée.

Là ! charmante !... Voilà une belle fille, et qui est bien à moi, je m'en vante !... (Il laisse retomber la portière.) Il y a beaucoup de bourgeois qui ne pourraient pas en dire autant. C'est qu'elle vaut des millions, oui... chère enfant... Elle me fera regagner les cinq cents ducats que vient de me coûter la banqueroute du juif Élias !... Vieux coquin. (Se frottant les mains.) Allons ! allons ! tout va bien ; et n'était Coppélius !... Diable de Coppélius !... Pourvu qu'il ne vienne pas réclamer sa part de paternité !... Bah ! je l'ai payé en bons écus et il voyage à l'heure qu'il est loin de Munich avec ses baromètres et ses lunettes. Ne nous mettons pas martel en tête et ne songeons qu'à rendre ma fête splendide et digne de mes hôtes !

SCÈNE II

SPALANZANI. HOFFMANN.

HOFFMANN, saluant.

Monsieur !...

SPALANZANI.

Eh ! bonjour, mon cher Hoffmann !... Quelle exactitude !... (Lui serrant la main.) Enchanté de vous voir, mon ami, vous êtes de tous mes élèves celui que j'estime le plus ! un poète qui renonce à la poésie pour la science !

HOFFMANN.

Monsieur, je...

SPALANZANI.

Ne me répondez pas ! je lis dans les cœurs !... (Se frottant les mains.) Eh ! eh !... c'est aujourd'hui que ma fille fait son entrée dans le monde. Cette chère Olympia !... je crois qu'elle aura un joli succès !... Ne l'avez-vous pas entrevue derrière sa jalousie ?...

HOFFMANN.

Il est vrai que...

SPALANZANI.

Bien ! bien !... il ne faut pas rougir pour cela !... quoi de plus naturel que de lorgner une belle fille ? Et de si beaux talents ! Vous verrez ! vous verrez ! Ah ! la physique ! belle chose que la physique !...

HOFFMANN, à part.

Quel diable de rapport trouve-t-il entre la physique et sa fille !...

SCÈNE III

LES MÊMES, COCHENILLE, SIX LAQUAIS, vétus d'une
livrée jaune et verte.

COCHENILLE, bégayant.

Monsieur !... c'est pour le champagne...

SPALANZANI.

C'est juste !... on aura soif !... Excusez-moi, mon cher
Hoffmann, je reviens dans l'instant. A la cave, Cochenille !...
à la cave !...

Il sort par le fond, suivi de Cochenille et des laquais.

SCÈNE IV

HOFFMANN, seul.

Allons! Courage et confiance!
Je deviens un puits de science.
Il faut tourner selon le vent!
Pour mériter celle que j'aime,
Je saurai trouver en moi-même
    L'étoffe d'un savant.
Elle est là... Si j'osais!...

Il soulève tout doucement la portière de droite.

      C'est elle!...
Elle sommeille!... Qu'elle est belle!...
Oh! vivre deux!... N'avoir qu'une même espérance,
    Un même souvenir!
Partager le bonheur, partager la souffrance.
    Partager l'avenir!...

Laisse, laisse ma flamme
Verser en toi le jour!
Laisse éclore ton âme
Aux rayons de l'Amour!
Foyer divin!... Soleil dont l'ardeur nous pénètre
Et nous vient embraser!...
Ineffable délire où l'on sent tout son être
Se fondre en un baiser.
Laisse, laisse ma flamme
Verser en toi le jour!
Laisse éclore ton âme
Aux rayons de l'Amour!

Il soulève de nouveau la portière; Nicklausse paraît.

SCÈNE V

HOFFMANN, NICKLAUSSE.

NICKLAUSSE.

Pardieu!... J'étais bien sûr de te trouver ici!

HOFFMANN, *laissant brusquement retomber la portière.*

Chut!...

NICKLAUSSE.

Pourquoi?... C'est là que respire
La colombe qui fait ton amoureux souci.
La belle Olympia?... Va, mon enfant! Admire!

HOFFMANN.

Oui, je l'adore!

NICKLAUSSE.

Attends à la connaître mieux!

HOFFMANN.

L'âme qu'on aime est aisée à connaître!

NICKLAUSSE, railleur.

Quoi? d'un regard?... par la fenêtre?

HOFFMANN.

Il suffit d'un regard pour embrasser les cieux!

NICKLAUSSE.

Quelle chaleur!... Au moins sait-elle que tu l'aimes?

HOFFMANN.

Non!

NICKLAUSSE.

Écris-lui!

HOFFMANN.

Je n'ose pas.

NICKLAUSSE.

Pauvre agneau! Parle-lui!

HOFFMANN.

Les dangers sont les mêmes.

NICKLAUSSE.

Alors, chante, morbleu! pour sortir d'un tel pas!

HOFFMANN.

Monsieur Spalanzani n'aime pas la musique!

2

NICKLAUSSE, riant.

Oui, je sais! Tout pour la physique! .
Une poupée aux yeux d'émail
Jouait au mieux de l'éventail
Auprès d'un petit coq de cuivre;
Tous deux chantaient à l'unisson
D'une merveilleuse façon,
Dansaient, caquetaient, semblaient vivre.

HOFFMANN.

Plaît-il? Pourquoi cette chanson?

NICKLAUSSE.

Le petit coq, luisant et vif,
Avec un air rébarbatif,
Tournait par trois fois sur lui-même;
Par un rouage ingénieux,
La poupée, en roulant les yeux,
Soupirait et disait : je t'aime!

HOFFMANN.

Est-ce à Olympia que tu fais allusion?

NICKLAUSSE.

Moi?... Dieu m'en garde!...

HOFFMANN, allant à la porte de droite et soulevant la portière.

Étrange immobilité!... Il semble, en effet, que la vie
manque à ce regard, le sang à ce visage, comme si son âme
avait quitté son corps!... A quoi pense-t-elle?...

Nicklausse lève les épaules et remonte vers le fond. Hoffmann reste absorbé dans sa
contemplation. Coppélius entre tout doucement par la porte de gauche, il a un sac
sur l'épaule et des baromètres à la main.

SCÈNE VI

LES MÊMES, COPPÉLIUS.

COPPÉLIUS.

C'est moi, Coppélius!... A nous deux, mon vieux Spalanzani!... Je doute que ma visite lui fasse grand plaisir.
(Apercevant Hoffmann.) Quelqu'un!...

NICKLAUSSE, se retournant.

Hein?...

COPPÉLIUS.

Ce monsieur paraît bien absorbé dans sa contemplation.
(Regardant par-dessus l'épaule d'Hoffmann.) Ah! ah! notre Olympia!..

NICKLAUSSE, à part.

Leur Olympia?...

COPPÉLIUS.

Eh! jeune homme!... Monsieur!...

NICKLAUSSE, s'avançant.

Inutile!...

COPPÉLIUS.

Ah!...

NICKLAUSSE.

Voilà le seul moyen de vous faire entendre.
                     Il frappe sur l'épaule d'Hoffmann.

HOFFMANN, se retournant.

Plait-il?...

NICKLAUSSE, riant.

Vous voyez!...

COPPÉLIUS, saluant.

Monsieur!... Belle fille, n'est-ce pas? belle fille tout à fait!...

HOFFMANN, avec humeur.

Monsieur, je...

COPPÉLIUS.

Vous ne regardiez pas Olympia, la fille de mon ami Spalanzani?

HOFFMANN.

Votre ami, dites-vous?...

COPPÉLIUS.

Oui, monsieur, c'est moi qui lui vends des baromètres; (saluant.) Coppélius, fabricant de baromètres, thermomètres, hygromètres. — Monsieur n'aurait pas besoin d'un baro-mètre. (Sur un mouvement d'Hoffmann.) Préférez-vous l'optique!... J'ai des yeux, de beaux yeux!...

HOFFMANN, avec colère.

Ah!...

COPPÉLIUS, vidant à terre son sac rempli de lunettes, de lorgnettes et de lorgnons.

Voyez! de beaux yeux! de jolis yeux!...

NICKLAUSSE.

Des lunettes?...

COPPÉLIUS, accroupi.

Non, monsieur! Des yeux véritables, des yeux vivants comme ceux de la nature, verts, noirs, bleus, tristes, gais, perçants et clairs!... Chacun de ces verres a une âme qui colore, transforme, anime ou flétrit les objets!...

HOFFMANN, entre ses dents.

Charlatan!...

COPPÉLIUS, avec flegme,

Pardon!... Opticien. — Tenez! ce lorgnon, par exemple; une pièce rare!... Trois ducats!... Essayez!...

Il présente un lorgnon à Hoffmann.

HOFFMANN.

Pardieu, je veux savoir....

Il prend le lorgnon.

NICKLAUSSE.

Qu'est-ce qu'on voit là dedans?...

COPPÉLIUS.

Tout ce qu'on veut.

HOFFMANN, soulevant la portière de droite et regardant avec le lorgnon.

Ciel!

COPPÉLIUS, remettant les lunettes dans le sac.

Oui, n'est-ce pas? L'enfant est plus belle encore?... Hein! Comme ses yeux s'animent! Comme ses joues se colorent! Comme son front resplendit!... (Se relevant.) Trois ducats!

HOFFMANN, dans l'extase.

Olympia!...

COPPÉLIUS, allant retoucher la portière.

Trois ducats?...

2.

HOFFMANN.

Ah! pourquoi me ravir cette apparition divine?...

NICKLAUSSE.

Il veut ses trois ducats!...

HOFFMANN.

Eh bien! donne-les!...

NICKLAUSSE.

C'est juste!... privilège de l'amitié!... C'est lui qui regarde et c'est moi qui paie. (Donnant de l'argent à Coppélius.) Monsieur...

COPPÉLIUS.

Monsieur!... (A part.) Eh! eh!... quel est l'amoureux qui n'a pas sa paire de lunettes?...

SCÈNE VII

LES MÊMES, SPALANZANI, puis COCHÉNILLE.

SPALANZANI, entrant en se frottant les mains.

Tout est prêt!... (Il se rencontre nez à nez avec Coppélius.) Hein?...

COPPÉLIUS.

Bonjour!

SPALANZANI.

Comment? Vous voilà revenu!...

COPPÉLIUS.

Est-ce que cela vous fâche?

SPALANZANI.

Il était convenu...

COPPÉLIUS.

Rien d'écrit !

SPALANZANI.

Et ta parole ?

COPPÉLIUS.

Je la reprends !

SPALANZANI.

Diable ! (Se tournant vers Hoffmann.) Pardon, mon cher Hoffmann, une petite affaire à terminer.

HOFFMANN.

Comment donc, cher maître !...
    Il se retire avec Nicklausse dans le fond du théâtre.

SPALANZANI, à Coppélius.

Alors ?

COPPÉLIUS.

Cinq cents ducats et je vous tiens quitte.

SPALANZANI.

Encore ?...

COPPÉLIUS.

Aimez-vous mieux tout partager ?

SPALANZANI.

Mais Olympia est ma fille, que diable !

COPPÉLIUS.

Pardon !... elle a mes yeux !

SPALANZANI.

Je vous les ai payés.

COPPÉLIUS.

Misérablement.

SPALANZANI, à part.

Bien te prend, vieux coquin, que je ne sache pas ton
secret. Mais j'y pense... eh! eh! c'est une idée cela!...

COPPÉLIUS.

Eh bien?...

SPALANZANI.

Eh bien!... puisqu'il le faut, signez-moi la cession pleine
et entière d'Olympia, y compris ses yeux, et je vous donne
vos cinq cents ducats.

COPPÉLIUS.

Espèces?

SPALANZANI, tirant un papier de sa poche.

C'est tout comme... Une traite sur le juif Elias.

COPPÉLIUS.

Oui, maison solide.

SPALANZANI.

Est-ce dit?

COPPÉLIUS.

C'est dit. (Il tire ses tablettes de sa poche et écrit.) Pauvre chère
enfant!... C'est pour rien!... Enfin! (Déchirant une feuille de ses
tablettes et la présentant à Spalanzani.) Tenez!

SPALANZANI.

Donnant! donnant!

Ils échangent les papiers.

COPPÉLIUS.

Savez-vous une idée qui me vient?

SPALANZANI.

Laquelle?

COPPÉLIUS.

Vous devriez marier Olympia.

SPALANZANI.

Ah! ah! bonne idée, bonne idée!

COPPÉLIUS.

Vous croyez que je plaisante?... (Montrant Hoffmann. Demandez à cet imbécile!...

SPALANZANI.

Qui?... Hoffmann?...

COPPÉLIUS

Il en est amoureux fou!

SPALANZANI, riant

Oui, je sais.

COPPÉLIUS.

Quel nigaud!...

SPALANZANI.

C'est jeune! c'est jeune!

COPPÉLIUS, ramassant tout son bagage de lunettes et de baromètres.

Allons! je vous laisse à votre petite fête... Adieu!

SPALANZANI.

Bonsoir!

COPPÉLIUS, en passant devant Hoffmann.

Eh! eh!

COCHENILLE, paraissant.

Hi! hi!

NICKLAUSSE.

Ha! ha!

Coppélius sort. Des rires étranges se font entendre dans la coulisse, comme un écho.

SPALANZANI, riant le dernier.

Ho! ho!

HOFFMANN, à part.

Qu'ont-ils à rire?...

SPALANZANI, à part.

Va, mon bon ami, va te faire payer chez le juif Elias!...

COCHENILLE.

Monsieur, voilà vos invités.

SPALANZANI.

Enfin!... (A Hoffmann.) La physique, mon cher!... La physique!

HOFFMANN, bas, à Nicklausse.

C'est une manie!

Les laquais ouvrent les tapisseries. Les invités qui remplissaient la galerie du fond entrent en scène.

SCÈNE VIII

HOFFMANN, SPALANZANI, COCHENILLE,
NICKLAUSSE, Invités, Laquais.

LE CHŒUR DES INVITÉS.

Non, aucun hôte vraiment,
Ne reçoit plus richement!
Par le goût sa maison brille!
Tout s'y trouve réuni.
Çà, monsieur Spalanzani,
Présentez-nous votre fille.
On la dit faite à ravir,
Aimable, exempte de vices,
Nous comptons nous rafraîchir.
Après quelques exercices,
Non, aucun hôte vraiment
Ne reçoit plus richement.

SPALANZANI.

Vous serez satisfaits, messieurs, dans un moment.

Il fait signe à Cochenille de le suivre et sort avec lui par la droite. Les invités se promènent par groupes en admirant la demeure de Spalanzani. Nicklausse s'approche d'Hoffmann.

NICKLAUSSE, à Hoffmann.

Enfin, nous allons voir de près cette merveille,
Sans pareille!

HOFFMANN.

Silence!... la voici!

Entrée de Spalanzani conduisant Olympia. Cochenille les suit. Curiosité générale.

SCENE IX

LES MÊMES, OLYMPIA.

SPALANZANI.

Mesdames et messieurs,
Je vous présente
Ma fille Olympia.

LE CHŒUR.

Charmante !
Elle a de très beaux yeux !
Sa taille est fort bien prise !
Voyez comme elle est mise !
Il ne lui manque rien !
Elle est très bien !

SPALANZANI. à Olympia.

Tu vois comme on te complimente !

LE CHŒUR.

Charmante ! charmante !

SPALANZANI.

Mesdames et messieurs, fière de vos bravos,
Et surtout impatiente
D'en conquérir de nouveaux,
Ma fille, obéissant à vos moindres caprices,
Va, s'il vous plaît...

NICKLAUSSE, à part.

Passer à d'autres exercices.

SPALANZANI.

Vous chanter un grand air en suivant de la voix,
Talent rare !...
Le clavecin, la guitare,
Ou la harpe, à votre choix.

COCHENILLE, au fond du théâtre, en voix de fausset.

La harpe !

Une voix de basse répond dans la coulisse à la voix de Cochenille.

SPALANZANI.

Fort bien !... Cochenille !
Va vite nous chercher la harpe de ma fille !

Cochenille entre dans l'appartement d'Olympia.

HOFFMANN, à part.

Je vais l'entendre... ô joie !

NICKLAUSSE, à part.

O folle passion !

SPALANZANI, à Olympia.

Maîtrise ton émotion
Mon enfant !

OLYMPIA.

Oui !

COCHENILLE, rentrant en scène avec une harpe.

Voilà !...

SPALANZANI, s'avançant auprès d'Olympia et plaçant sa harpe devant lui.

Messieurs, attention !

COCHENILLE.

A... attention !

LE CHŒUR.

Attention !

OLYMPIA, accompagnée par Spalanzani.

De temps à autre sa voix faiblit ; Cochenille lui touche l'épaule et l'on entend le bruit d'un ressort.

Les - oi - seaux - dans - la - char - mille,
Dans - les - cieux - l'as - tre - du - jour,
Tout - parle - à - la - jeu - ne - fille
D'a - mour !
D'a - mour !
Voi - là
La - chan - son - gen - ti - lle,
Voi - là
La - chan - son - d'O - lym - p - ia !
- Ha !
Tout - ce - qui - chante - et - ré - sonne
Et - sou - pi - re - tour - à -tour
É - meut - son - cœur - qui - fris - sonne
D'a - mour !
Voi - là !
La - chan - son - mi - gnon - ne,
Voi - là !
La - chan - son - d'O - lym - pi - a
- Ha !

LE CHŒUR.

Quel effet !
C'est parfait !
L'oreille en est surprise !
Comme elle vocalise !
Il ne lui manque rien !
Elle est très bien !

HOFFMANN, à Nicklausse.

Ah ! mon ami ! quel accent !...

NICKLAUSSE.

Quelles gammes !...

Cochenille a enlevé la harpe et tout le monde s'est empressé autour d'Olympia qui remercie tour à tour de la main droite et de la main gauche. Hoffmann la contemple avec ravissement. Un laquais vient dire quelques mots à Spalanzani.

SPALANZANI.

Allons, messieurs! La main aux dames!...
Le souper nous attend!

LE CHŒUR, avec force.

Le souper... Bon cela!

SPALANZANI.

A moins qu'on ne préfère
Danser d'abord...

LE CHŒUR, avec énergie.

Non!... non!... le souper!... bonne affaire...
Ensuite on dansera.

SPALANZANI.

Comme il vous plaira!

HOFFMANN, s'approchant d'Olympia.

Oserai-je?...

SPALANZANI, intervenant.

Elle est un peu lasse ;
Attendez le bal.

OLYMPIA.

Oui!

SPALANZANI.

Vous voyez!... Jusque-là
Voulez-vous me faire la grâce
De tenir compagnie à mon Olympia?

HOFFMANN.

O bonheur!

SPALANZANI, à part, en riant.

Nous verrons ce qu'il lui chantera.

NICKLAUSSE, à Spalanzani.

Elle ne soupe pas?

SPALANZANI.

Non !

NICKLAUSSE, à part.

Ame poétique !

Spalanzani passe un instant derrière Olympia. On entend de nouveau le bruit d'un ressort qu'on remonte. Nicklausse se retourne.

Plaît-il ?

SPALANZANI.

Rien !... La physique !... Ah ! monsieur !... la physique !

Il conduit Olympia à un fauteuil et l'y fait asseoir ; puis il sort avec ses invités.

LE CHŒUR, avec un enthousiasme croissant.

Le souper, le souper, le souper nous attend !
Non, aucun hôte vraiment,
Ne reçoit plus richement !

SCÈNE X

HOFFMANN, OLYMPIA.

HOFFMANN.

Ils se sont éloignés !... Enfin !... Ah ! je respire !...
Seuls ! seuls tous deux !

S'approchant d'Olympia.

Que j'ai de choses à te dire,
O mon Olympia !... Laisse-moi t'admirer !...
De ton regard charmant laisse-moi m'enivrer !

Il touche légèrement l'épaule d'Olympia.

OLYMPIA.

Oui !

HOFFMANN.

N'est-ce pas un rêve enfanté par la fièvre ?
J'ai cru voir un soupir s'échapper de ta lèvre !...

Il touche de nouveau l'épaule d'Olympia.

OLYMPIA.

Oui...

HOFFMANN.

Doux aveu, gage de nos amours !
Tu m'appartiens ! nos cœurs sont unis pour toujours !
Ah ! comprends-tu, dis-moi, cette joie éternelle
Des cœurs silencieux ?...
Vivants, n'être qu'une âme, et du même coup d'aile
Nous élancer aux cieux !
Laisse, laisse ma flamme
Verser en toi le jour !
Laisse éclore ton âme
Aux rayons de l'amour !

Il presse la main d'Olympia avec passion ; celle-ci, comme si elle était mue par un ressort, se lève aussitôt, parcourt la scène en différents sens et sort enfin par une des portes du fond, sans se servir de ses mains pour écarter les tapisseries. Hoffmann se lève et suit Olympia dans ses évolutions.

Tu me fuis ?... Qu'ai-je fait ?... Tu ne me réponds pas ?...
Parle !... T'ai-je irritée !... Ah ! je suivrai tes pas !...

Au moment où Hoffmann va s'éloigner à la suite d'Olympia, Nicklausse paraît à l'une des portes opposées et l'interpelle.

SCÈNE XI

HOFFMANN, NICKLAUSSE.

NICKLAUSSE.

Eh ! morbleu ! modère ton zèle !
Veux-tu qu'on se grise sans toi ?...

HOFFMANN, avec ivresse.

Nicklausse ! je suis aimé d'elle !...
Aimé, Dieu puissant !...

NICKLAUSSE.

Par ma foi !
Si tu savais ce qu'on dit de ta belle !...

HOFFMANN.

Qu'en peut-on dire ? Quoi ?

NICKLAUSSE.

Qu'elle est morte !...

HOFFMANN.

Dieu juste !...

NICKLAUSSE.

Ou ne fut pas en vie.

HOFFMANN.

Ange que l'envie
Suit en frémissant !...
Justice éternelle !...
Nicklausse !... je suis aimé d'elle !...
Aimé !... Dieu puissant !...

Il sort rapidement; Nicklausse le suit.

SCÈNE XII

COPPÉLIUS, entrant, furieux, par la petite porte de gauche.

Voleur !... brigand !... Quelle déroute !...
Elias a fait banqueroute !...
Va, je saurai trouver le moment opportun.
Pour me venger !... Volé ! moi !... Je tûrai quelqu'un !...

Les tapisseries du fond s'écartent. Coppélius se glisse dans la chambre d'Olympia,
à droite.

SCÈNE XIII

SPALANZANI, HOFFMANN, OLYMPIA, NICK-
LAUSSE, COCHENILLE. INVITÉS, LAQUAIS. puis
COPPÉLIUS.

SPALANZANI.

En place, les danseurs!... Voici la ritournelle!

HOFFMANN.

C'est la valse qui nous appelle.

SPALANZANI, à Olympia.

Prends la main de monsieur, mon enfant!..

Lui touchant l'épaule.

Allons!...

OLYMPIA.

Oui!

Hoffmann enlace la taille d'Olympia et ils commencent à valser. On leur fait place
et ils disparaissent par la gauche. Le chœur les suit des yeux. Spalanzani cause sur
le devant de la scène avec Nicklausse.

LE CHŒUR.

Elle danse,
En cadence!
C'est merveilleux,
Prodigieux!
Place! Place!
Elle passe,
Elle fend l'air
Comme un éclair!

Pendant ce chœur, Hoffmann et Olympia ont repassé en valsant dans le fond de la
galerie et ont disparu par la droite. Le mouvement de la valse s'anime de plus
en plus.

LA VOIX D'HOFFMANN, dans la coulisse.

Olympia !...

SPALANZANI, remontant la scène.

Qu'on les arrête !...

LE CHŒUR.

Qui de nous les arrêtera ?...

NICKLAUSSE.

Elle va lui casser la tête !...

Hoffmann et Olympia reparaissent et descendent en scène en valsant de plus en plus vite. Nicklausse s'élance pour les arrêter.

Eh ! mille diables !...

Il est violemment bousculé et va tomber sur un fauteuil en tournant plusieurs fois sur lui-même.

LE CHŒUR.

Patatra !...

SPALANZANI, s'élançant à son tour.

Halte-là !

Il touche Olympia à l'épaule. Elle s'arrête subitement. Hoffmann, étonné, va tomber sur un canapé. Spalanzani continue en se retournant vers les invités.

Voilà !...
Assez, ma fille !
Toi, Cochenille,
Reconduis-la !...

Il touche Olympia qui se retourne vers la droite.

COCHENILLE, poussant Olympia.

Va-a-donc !... va !...

OLYMPIA.

Oui.

Elle sort suivie de Cochen.

LE CHŒUR.

Que voulez-vous qu'on dise ?
C'est une fille exquise !
Il ne lui manque rien !
Elle est très bien !

NICKLAUSSE, d'une voix dolente.

Est-il mort ?...

SPALANZANI, examinant Hoffmann.

Non ! en somme,
Son lorgnon seul est en débris !
Il reprend ses esprits !

LE CHŒUR.

Pauvre jeune homme !

COCHENILLE, dans la coulisse.

Ah !

Il entre en scène la figure bouleversée.

SPALANZANI.

Quoi ?

COCHENILLE.

L'homme aux lunettes !... Là !

SPALANZANI.

Miséricorde ! Olympia !...

HOFFMANN.

Olympia !...

Spalanzani va pour s'élancer. On entend dans la coulisse un bruit de ressorts qui
se brisent avec fracas.

SPALANZANI.

Ah ! terre et cieux ! elle est cassée !

HOFFMANN, se levant.

Cassée !...

COPPÉLIUS, entrant par la droite et éclatant de rire.

Ha ! ha ! ha !... Fracassée !...

Hoffmann s'élance et disparaît par la droite. Spalanzani et Coppélius se jettent l'un sur l'autre et se prennent au collet.

SPALANZANI.

Gredin !

COPPÉLIUS.

Voleur !

SPALANZANI.

Brigand !

COPPÉLIUS.

Païen !

SPALANZANI.

Bandit !

COPPÉLIUS.

Pirate !...

LE CHOEUR, tranquillement.

Lequel a tort ! Je n'en sais rien !

HOFFMANN, apparaissant pâle et épouvanté.

Un automate ! Un automate !

Il se laisse tomber sur un fauteuil, Nicklausse cherche à le calmer. Éclat de rire général.

LE CHOEUR.

Ha ! ha ! ha ! la bombe éclate !
Il aimait un automate.

SPALANZANI, avec désespoir.

Mon automate !

TOUS.

Un automate !

LE CHŒUR.

Ha ! ha ! ha ! ha !

ACTE DEUXIÈME

GIULIETTA

A Venise. Galerie de fête, dans un Palais, donnant sur le grand canal. Eau praticable au fond pour les gondoles. Balustrade, escaliers, colonnes, lampadaires, lustres, coussins, fleurs. Portes latérales sur le premier plan ; plus loin de larges portes en arcades, en pans coupés, conduisant à d'autres galeries.

SCÈNE PREMIÈRE

HOFFMANN, NICKLAUSSE, GIULIETTA, PITICHINACCIO, FULEIA, JEUNES GENS et JEUNES FEMMES, LAQUAIS, Giulietta et ses hôtes sont groupés debout ou étendus sur des coussins. Tableau brillant et animé.

BARCAROLLE

GIULIETTA et NICKLAUSSE.

Belle nuit, ô nuit d'amour
Souris à nos ivresses !
Nuit plus douce que le jour !
O belle nuit d'amour !

Le temps fuit et sans retour
Emporte nos tendresses!
Loin de cet heureux séjour
Le temps fuit sans retour!

Zéphirs embrasés
Versez-nous vos caresses
Zéphirs embrasés,
Donnez-nous vos baisers!

Belle nuit, ò nuit d'amour
Souris à nos ivresses!
Nuit plus douce que le jour!
O belle nuit d'amour!

HOFFMANN.

Et moi, ce n'est pas là, pardieu! ce qui m'enchante!
Aux pieds de la beauté qui nous vient enivrer,
Le plaisir doit-il soupirer?
Non!... Le rire à la bouche, écoutez comme il chante!

.CHANT BACHIQUE

Amis!... L'amour tendre et rêveur,
Erreur!
L'amour dans le bruit et le vin
Divin!
Que d'un brûlant désir
Votre cœur s'enflamme!
Aux fièvres du plaisir
Consumez votre âme!
Transports d'amour
Durez un jour!
Au diable celui qui pleure
Pour deux beaux yeux!
A nous l'ivresse meilleure
Des chants joyeux
Vivons une heure
Dans les cieux.

4

LE CHŒUR.

Au diable celui qui pleure
Pour deux beaux yeux
A nous l'ivresse meilleure
Des chants joyeux!...
Vivons une heure
Dans les cieux!...

HOFFMANN.

Le ciel te prête sa clarté,
Beauté.
Mais vous cachez, ô cœur de fer,
L'enfer!
Bonheur du Paradis
Où l'amour convie
Serments, espoirs maudits,
Rêves de la vie!
O chastetés
O puretés
Mentez!

LE CHŒUR.

Au diable celui qui pleure
Pour deux beaux yeux!
A nous l'ivresse meilleure
Des chants joyeux!
Vivons une heure
Dans les cieux!

Après le chant.

SCÈNE II

Les Mêmes, SCHLEMIL.

SCHLEMIL.

A merveille, Madame, je vois que mon absence ne vous a
pas coûté des larmes trop amères.

GIULIETTA.

Oh! l'ingrat! Ces messieurs sont témoins que je vous ai pleuré trois jours... trois grands jours.

LES INVITÉS.

C'est vrai! c'est vrai!

PITICHINACCIO.

Pas un de moins, dame!...

SCHLEMIL.

Misérable bouffon!

GIULIETTA.

Je vous présente un poète, Hoffmann, que sa renommée a précédé à Venise.

SCHLEMIL, saluant de mauvaise grâce.

Monsieur...

HOFFMANN.

Monsieur.

SCHLEMIL, à part.

Elle va s'embâter d'un poète, maintenant.

Il regarde autour de lui.

GIULIETTA.

Que cherchez-vous?

SCHLEMIL.

Moi? Rien...

GIULIETTA.

Le capitaine peut-être? Le voici.

SCÈNE III

LES MÊMES, DAPERTUTTO.

DAPERTUTTO, arrivant par le fond.

Bonjour, Schlemil.

SCHLEMIL, contrarié.

Là!...

NICKLAUSSE, à Pitichinaccio.

Quel est ce monsieur?

PITICHINACCIO.

Un des amis de madame et, naturellement, rival des autres... amis...

DAPERTUTTO, à Schlemil.

Vous avez fait bon voyage?

SCHLEMIL, en tournant le dos.

Excellent, monsieur.

DAPERTUTTO, baisant la main de Giulietta.

Belle Giulietta.

GIULIETTA, regardant le diamant que Dapertutto porte au doigt.

Oh! le beau diamant...

DAPERTUTTO.

Oui! c'est un des yeux du dieu Brahma; je l'ai rapporté de l'Inde. Un véritable talisman, car il fait venir à moi toutes les femmes! Cela vaut des millions!

GIULIETTA, avec admiration.

Ah! je n'en ai jamais vu d'aussi beau. (Avec un soupir.)
Heureuse la femme qui le possédera.

DAPERTUTTO.

Cela ne dépendra peut-être que de vous.

GIULIETTA, vivement.

De moi?...

DAPERTUTTO.

Plus tard, nous verrons.

Il s'éloigne.

GIULIETTA, pensive.

Le beau diamant!... (Allant vers Hoffmann.) Et vous, cher
monsieur Hoffmann, aimez-vous les joyaux?

HOFFMANN.

Nul quartz ne produisit de plus beaux joyaux que vos
yeux, nulle mer de plus belles perles que celles qu'égrène
votre sourire.

GIULIETTA, avec un sourire, s'éloignant.

Poète!

NICKLAUSSE, frappant sur l'épaule d'Hoffmann qui restait en extase
devant Giulietta.

Il est bien entendu que l'amour n'est pour rien dans le
hasard qui nous amène ici, n'est-ce pas?

HOFFMANN, haussant les épaules.

L'amour!...

NICKLAUSSE.

Oui, on ne devient pas amoureux d'une courtisane. Qui
sait pourtant? Tu as aimé Olympia, un automate, tu es bien
capable d'aimer Giulietta, un sachet de parfums.

4.

HOFFMANN.

Jamais!

NICKLAUSSE.

Jamais, c'est maintenant que je me méfie.

FULEIA, s'approchant de Giulietta.

Comme vous regardez Hoffmann; est-ce de l'amour?

GIULIETTA.

De l'amour, non... Caprice, peut-être!

FULEIA.

Prenez garde! De votre caprice, Schlemil, Dapertutto s'en contentent. Mais celui-là!...

GIULIETTA.

Celui-là, comme les autres, fera ce que je voudrai.

FULEIA.

Et s'il vous résiste?

GIULIETTA.

A moi? Nous verrons bien! (Haut.) Allons, messieurs, le concert nous attend, qui m'aime me suive!

Elle regarde Hoffmann, celui-ci s'avance pour lui offrir le bras. Schlemil se place vivement entre eux:

SCHLEMIL, offrant le bras à Giulietta.

Morbleu!..

GIULIETTA, contrariée.

Allez, vous, moi je reste!...

SCHLEMIL.

Mais!...

GIULIETTA, le regardant hautainement.

Je reste!

DAPERTUTTO, qui a suivi tout ce jeu.

Le moment est peut-être venu de faire parler le diamant.

Tous s'éloignent, sauf Giulietta et Hoffmann.

SCÈNE IV

GIULIETTA, HOFFMANN.

GIULIETTA, au moment où Hoffmann va s'éloigner.

Vous partez?

HOFFMANN, avec sarcasme.

Je cède le pas aux millions de monsieur Schlemil et aux diamants de monsieur Dapertutto.

GIULIETTA, se laissant tomber sur un fauteuil.

Ah!

HOFFMANN.

Qu'avez-vous?

GIULIETTA.

Les millions... les diamants... c'est bien, partez... Je sais que vous ne pouvez m'aimer, seulement, j'ignorais que je pusse aimer, moi, et maintenant...

HOFFMANN.

Maintenant?

GIULIETTA.

Partez!

HOFFMANN.

Giulietta. (L'enlaçant.) Tu m'aimes?

GIULIETTA, faiblement.

Non!

HOFFMANN.

Je t'adore!

GIULIETTA.

Tais-toi! tais-toi!...

DUO.

GIULIETTA.

Malheureux! Mais tu ne sais donc pas
Qu'une heure, qu'un moment peuvent t'être funestes?
Que mon amour te perd à jamais si tu restes?
Qu'avant demain il peut te frapper dans mes bras?
    Ne repousse pas ma prière!
    Ma vie est à toi tout entière!
Partout je te promets d'accompagner tes pas!

HOFFMANN.

O Dieu! De quelle ivresse embrases-tu mon âme?
Comme un concert divin, ta voix m'a pénétré!
D'un feu doux et brûlant mon être est dévoré!
Tes regards dans les miens semblent verser la flamme
    Comme des astres radieux!
    Et je sens, ô ma bien-aimée,
    Passer ton haleine embaumée
    Sur mes lèvres et sur mes yeux.

GIULIETTA.

Oui, plus de crainte, plus d'alarmes!
    Aujourd'hui les larmes,
    Mais demain les cieux!

ENSEMBLE.

Aujourd'hui les larmes,
Mais demain les cieux!

GIULIETTA.

Mais de toi cependant, je veux une promesse.
C'est un serment que j'exige de toi.

HOFFMANN.

Que veux-tu? Parle?

GIULIETTA.

Écoute et ne ris pas de moi,
Ce que je veux, c'est ta caresse
Mais sans rien demander d'un passé qui se dresse
A tes yeux et qu'il faut à tout prix oublier.

HOFFMANN.

Comment veux-tu que je l'oublie?

GIULIETTA.

C'est moi qui viens t'en supplier...
Je suis assez jolie
Pour pouvoir m'emparer de ton cœur tout entier.

HOFFMANN.

De mon cœur?...

GIULIETTA.

De ton cœur; qu'un doux serment nous lie.
Hoffmann, comble mes vœux!

HOFFMANN.

Oublier!...

GIULIETTA.

Oublier!... Oui, sagesse ou folie,
C'est tout ce que je veux.

ENSEMBLE

HOFFMANN.

Extase! Ivresse inassouvie
Étrange et doux effroi !
Puisque tu le veux, oui, j'oublie...
A toi, toujours à toi !

GIULIETTA.

Je te donne toute ma vie,
Mais j'exige de toi
Que ton cœur amoureux oublie
Tout ce qui n'est pas moi.

Giulietta entre vivement dans son boudoir en adressant un baiser à Hoffmann qui, lui renvoyant le baiser, sort à droite.

SCÈNE V

DAPERTUTTO. PITICHINACCIO.

DAPERTUTTO.

Ensemble! J'en étais sûr.

PITICHINACCIO.

Prenez votre revanche!

DAPERTUTTO.

Ah! si je pouvais!

PITICHINACCIO.

Votre bourse est toujours pleine?

DAPERTUTTO.

Tiens, manant, et maintenant ?

PITICHINACCIO.

Maintenant?... C'est très simple. Vous excitez la jalousie d'Hoffmann contre Schlemil, ils se battent et... celui qui n'est pas mort est arrêté pour meurtre; du coup vous êtes débarrassé de deux rivaux.

DAPERTUTTO.

Pitichinaccio, tu es né pour être diplomate!

Il lui donne de l'argent et va à la table pour écrire.

PITICHINACCIO.

Et vous, pour vivre au temps des Grecs!

Il veut s'éloigner.

DAPERTUTTO.

Attends! Ce mot pour Giulietta. (Lisant ce qu'il écrit.) « Madame, je sais que vous avez donné rendez-vous à monsieur Hoffmann pour ce soir. Sacrifiez-le-moi pour cette seule soirée et ce diamant brillera à votre doigt. » Va!

Pitichinaccio entre dans l'appartement de Giulietta.

SCÈNE VI

DAPERTUTTO, seul.

Et maintenant, mon beau diamant, fais ton devoir. Attire vers moi cette femme! Montre que ton pouvoir est plus grand que tout l'amour de la terre.

Tirant de son doigt une bague où brille un gros diamant et le faisant scintiller.

CHANSON

Tourne, tourne, miroir où se prend l'alouette!...
Scintille, diamant! fascine, attire-la!...
Femme, oiseau, le chasseur est là!

Qui nous voit, qui nous guette!...
Le chasseur noir!...
Scintille, diamant! Tourne, tourne, miroir!
L'alouette et la femme
A cet appât vainqueur
Vont de l'aile ou du cœur;
L'un y laisse sa vie et l'autre y perd son âme!...
Tourne, tourne, miroir!... Au filet ravisseur
Va tomber la proie
Qui déjà tournoie
A toi, chasseur!...
Tourne, tourne, miroir où se prend l'alouette!...
Scintille, diamant!... fascine, attire-la ;
Femme, oiseau, le chasseur est là
Qui vous voit, qui vous guette!...
Le chasseur noir!
Scintille diamant! Tourne, tourne, miroir!

SCÈNE VII

DAPERTUTTO, PITICHINACCIO.

PITICHINACCIO, remettant un billet à Dapertutto.

Voici la réponse.

DAPERTUTTO, ouvrant fébrilement et lisant.

« A ce soir! »

PITICHINACCIO.

Allons donc! Tenez, la chance vous favorise! Voici Hoffmann qui se dirige de ce côté, faites votre œuvre auprès de
lui, moi je vais prévenir les sbires.

Il sort en riant au nez d'Hoffmann qui entre en scène.

SCÈNE VIII

DAPERTUTTO, HOFFMANN.

HOFFMANN.

Pourquoi rit cet idiot?

DAPERTUTTO.

Cet idiot rit de la sagesse des savants et des poètes. Hideux, les femmes ne se méfient pas de lui et le chargent de leurs messages. Tenez, en ce moment, il porte un mot de Giulietta à Schlemil.

HOFFMANN.

De Giulietta!

DAPERTUTTO.

Eh! oui! Et comme ces stratagèmes de femmes m'amusent, j'ai, contre espèces, bien avant monsieur Schlemil, lu qu'elle lui donnerait rendez-vous pour ce soir.

HOFFMANN, vivement.

Pour ce soir?

DAPERTUTTO.

Eh! oui! (Avec insinuation.) Et comme Schlemil possède la clef de son boudoir...

HOFFMANN, avec colère.

Si cela était!...

DAPERTUTTO.

Silence. Le voici, contenez-vous!

5

SCÈNE IX

LES MÊMES et TOUS LES PERSONNAGES DE L'ACTE.

CHANT.

GIULIETTA.

Écoutez, messieurs
Voilà les gondoles,
L'heure des Barcaroles
Et celle des adieux.

HOFFMANN.

Hélas! mon cœur s'égare encore,
Mes sens se laissent embraser,
Maudit l'amour qui me dévore!
Ma raison ne peut l'apaiser.
Sous ce front clair comme une aurore
L'enfer même vient me griser.
Je la hais et je l'adore,
Je veux mourir de son baiser.

DAPERTUTTO et PITICHINACCIO.

Pauvre Hoffmann! l'amour encore
Vainement vient t'embraser.
Ta belle au regard d'aurore
Nous a vendu son baiser.
Car la coquette s'adore;
Un bijou qui peut encore
L'embellir et nous griser
Vaut bien pour elle un baiser.

ENSEMBLE

GIULIETTA, à part.

Mon bel Hoffmann, je vous adore,
Mais n'ai point l'âme à refuser
Ce diamant aux feux d'aurore
Qui ne me coûte qu'un baiser.
Car je suis femme et j'adore
Ce qui me fait plus belle encore
Pour vous griser.
Poëte, il vous faut apaiser.

SCHLEMIL, en touchant la garde de son épée.

Ce poëte que j'abhorre
Aurait bientôt son baiser
Sans ce fer clair et sonore
Dont je sais fort bien user.
Un fol amour te dévore?
Je suis là pour t'apaiser.
Tu prétends que l'on t'adore?
C'est bon, nous allons causer.

NICKLAUSSE et CHŒURS.

Hélas! son cœur s'enflamme encore.
Par elle il s'est laissé griser.
L'amour le brûle et le dévore,
Rien ne pourra l'apaiser.
La perfide qu'il adore
Prend les cœurs pour les briser.
Fuis la belle au front d'aurore,
Car on meurt de son baiser.

Schlemil reconduit les invités vers le fond. Giulietta se dirige vers son boudoir
en passant devant Dapertutto. Celui-ci retire le diamant et le passe à son doigt.

GIULIETTA, à demi-voix.

A tout à l'heure!

DAPERTUTTO, s'inclinant.

A tout à l'heure!

NICKLAUSSE, qui se tenait au fond, les observant.

Ah !

SCHLEMIL, revenant et s'approchant d'Hoffmann qui est resté immobile.

Qu'attendez-vous, monsieur?

HOFFMANN.

Que vous me donniez certaine clef que j'ai juré d'avoir.

SCHLEMIL.

Vous n'aurez cette clef, monsieur, qu'avec ma vie.

HOFFMANN.

J'aurai donc l'une et l'autre.

SCHLEMIL.

C'est ce qu'il faut voir! En garde!

DAPERTUTTO, s'avançant vers Hoffmann.

Vous n'avez pas d'épée! (Lui présentant la sienne.) Prenez la mienne!

HOFFMANN, prenant l'épée.

Merci!

Hoffmann et Schlemil se battent. Après quelques passes, Schlemil est blessé à mort et tombe. Hoffmann jette son épée, se penche sur le corps de Schlemil, lui prend une petite clef et s'élance dans le boudoir de Giulietta dans lequel il pénètre. Dapertutto ramasse tranquillement son épée et la remet au fourreau. Une gondole s'est avancée au fond. Au même instant apparaît Giulietta couverte d'un manteau.

GIULIETTA, à Dapertutto.

Vous voyez, je tiens ma parole, venez!

DAPERTUTTO.

Me voici, belle Giulietta!

Ils montent tous deux dans la gondole et reprennent avec le chœur.

Belle nuit, etc.

HOFFMANN, revenant du boudoir, avec anxiété.

Personne! (Remontant vers le fond et voyant au loin la gondole emportant Giulietta et Dapertutto.) Elle! là! là!

NICKLAUSSE, entrant vivement.

Hoffmann, Hoffmann, les sbires!

PITICHINACCIO, entrant avec les sbires et montrant d'un côté Schlemil mort et de l'autre Hoffmann.

Le meurtrier, c'est lui!

L'OFFICIER DES SBIRES, mettant sa main sur l'épaule d'Hoffmann.

Au nom de la loi je vous arrête.

HOFFMANN, avec un geste vers le fond.

Femme! femme! ton nom est perfidie!

Il tombe accablé.

5.

ACTE TROISIÈME

ANTONIA

A Venise, chez Crespel. Une chambre bizarrement meublée. A droite, un clavecin. A gauche, canapé et fauteuil. Violons suspendus au mur. Au fond, deux portes en pan coupé. Sur le premier plan, à gauche, une fenêtre en pan coupé formant enfoncement et donnant sur un balcon d'où l'on aperçoit le Rialto. Soleil couchant. Au fond, entre les deux portes, un grand portrait de femme accroché au mur.

SCÈNE PREMIÈRE

ANTONIA, seule, elle est assise devant le clavecin et chante.

> Elle a fui, la tourterelle,
> Elle a fui loin de toi !

Elle s'arrête et se lève.

Ah ! Souvenir trop doux ! Image trop cruelle !
Hélas ! à mes genoux, je l'entends, je le vois !...

Elle descend sur le devant de la scène.

> Elle a fui, la tourterelle,
> Elle a fui loin de toi !...
> Mais elle est toujours fidèle
> Et te garde sa foi !

Bien-aimé, ma voix t'appelle,
Tout mon cœur est à toi !

Elle se rapproche du clavecin et continue, debout, en feuilletant la musique.

Chère fleur qui viens d'éclore,
Par pitié, réponds-moi,
Toi qui sais s'il m'aime encore,
S'il me garde sa foi !...
Bien-aimé, ma voix t'implore !
Que ton cœur vienne à moi !

Elle se laisse tomber sur la chaise qui est devant le clavecin.

SCÈNE II

CRESPEL, ANTONIA.

CRESPEL, *entrant brusquement et courant à Antonia.*

Malheureuse enfant !... Tu m'avais promis de ne plus chanter !... Je crois toujours entendre la voix de ta mère et cela me brise le cœur. Si tu m'aimes ! Ne chante plus jamais, jamais !... Tu pleures ?...

ANTONIA.

Je rêvais de chanter comme elle et d'être illustre à mon tour. (*Sur un mouvement de Crespel.*) Vous ne le voulez pas, j'obéis.

CRESPEL.

Merci, chère enfant, merci !... Je suis un égoïste, c'est vrai ; mais... c'est plus fort que moi ; depuis que j'ai perdu ta mère, je ne peux plus entendre chanter une note... Voyons ! il faut te distraire ! Veux-tu démonter ce violon ? Je rêve d'en faire un, ma fille, auquel je donnerai ta voix. A quoi penses-tu ? Ah ! toujours à cet Hoffmann, n'est-ce pas ? Les jeunes gens aiment vite et ils oublient de même !...

ANTONIA.

Non, c'est nous qui sommes partis ; il n'aura pas reçu nos lettres... Je suis sûre qu'il ne m'a pas oubliée !

CRESPEL.

Pardonne-moi, chère enfant !... C'est ma tendresse jalouse qui me fait parler ainsi !...

ANTONIA.

Oh ! je le sais, mon père !... et je ne vous en veux pas!...

Elle fait quelques pas pour sortir.

CRESPEL.

Tu me quittes ?

ANTONIA.

Je vais démonter ce violon.

CRESPEL.

Embrasse-moi d'abord !... (il la baise au front.) Va, ma chérie, va !

Antonia sort.

SCÈNE III

CRESPEL, seul, il regarde le portrait.

Cette ressemblance est effrayante ! Il me semble toujours voir monter à sa joue cette coloration fiévreuse qui annonçait la mort de sa mère en la rendant plus belle ! Ah ! c'est ce maudit Hoffmann qui lui a tourné la tête !... Pauvre Antonia!... avec six mois de la vie d'artiste, c'en était fait de toi !... Il ne saura jamais où j'ai caché mon trésor.

SCÈNE IV

CRESPEL, FRANTZ.

FRANTZ entre par le fond. Il tient à la main une lampe qu'il pose sur la table.

Monsieur, on vous attend à la Société Philharmonique.

CRESPEL.

C'est bien ! Mon chapeau !

FRANTZ, lui donnant son chapeau.

Voilà ! monsieur !

CRESPEL.

Écoute ici !... Tu ne recevras personne.

FRANTZ.

Bien, monsieur !

Crespel sort.

SCÈNE V

FRANTZ, seul.

Pauvre monsieur Crespel ! Pauvre mademoiselle Antonia ! pouvoir vivre, il lui faut ne plus jamais chanter et ne jamais aimer ! Voilà l'ordonnance du médecin.

Regardant vers le fond par où est entrée Antonia. Hoffmann entre par le fond, suivi de Nicklausse.

SCÈNE VI

FRANTZ, HOFFMANN, NICKLAUSSE.

HOFFMANN.

Voilà ce brave Frantz; c'est bien ici. (Frappant sur l'épaule de Frantz.) Hé! Frantz!

FRANTZ.

Hein! Monsieur Hoffmann!... Monsieur Nicklausse!...

NICKLAUSSE.

Oui, nous n'avons pas le temps de nous étonner. Voilà six mois qu'Hoffmann me fait courir bon gré mal gré, après la fille de monsieur Crespel; tu comprends que je suis pressé d'en finir.

FRANTZ.

Et monsieur Crespel qui m'a dit de ne recevoir personne!

NICKLAUSSE.

Hormis nous.

FRANTZ.

Ah! hormis vous?

NICKLAUSSE.

Sans doute; cours vite le chercher.

FRANTZ.

Ah! que je coure? Bien, bien, je cours!

Il sort en courant.

SCÈNE VII

HOFFMANN, NICKLAUSSE.

NICKLAUSSE.

Enfin, tu la retrouves, mon cher Hoffmann!... Ce n'est pas sans peine. Peut-être, eût-il été plus sage, après tes aventures avec les autres...

HOFFMANN, protestant.

Oh!

NICKLAUSSE.

Bon! bon, je sais, ce n'est ni Olympia, ni Giulietta, ni l'automate, ni la courtisane!... Elle a une âme!... Mais, voilà! les violons aussi ont une âme!

HOFFMANN, s'éloignant de Nicklausse.

Tu doutes de tout.

NICKLAUSSE.

Oui, je te vois venir, prends à témoin ce chant délicieux où se mêlaient vos voix et vos cœurs!...

HOFFMANN, s'asseyant devant le clavecin et s'accompagnant.

C'est une chanson d'amour
Qui s'envole,
Triste ou folle
Tour à tour!...

ANTONIA, entrant précipitamment en scène.

Hoffmann!...

HOFFMANN, se relevant et recevant Antonia dans ses bras.

Antonia!...

NICKLAUSSE, à part.

Je suis de trop!... Bonsoir!...

Il s'esquive.

SCÈNE VIII

HOFFMANN, ANTONIA.

ANTONIA.

Ah! je le savais bien que tu m'aimais encore!

HOFFMANN

Mon cœur m'avait bien dit que j'étais regretté!...

Mais, pourquoi nous a-t-on séparés?

ANTONIA.

Je l'ignore!

HOFFMANN.

Antonia, dis-moi la vérité!
Pourquoi ce long silence,
Cette cruelle absence,
Et ce départ précipité?

ANTONIA.

J'ai vainement interrogé mon père!

HOFFMANN.

C'est lui qui t'éloigne de moi!
D'où viennent ces craintes?... Pourquoi?...
Il est temps d'éclaircir cet étrange mystère.

ANTONIA.

Que dis-tu là, cher bien-aimé?
N'est-ce pas lui qui mit cette main dans la tienne
N'est-ce pas lui?... Qu'il t'en souvienne!...

HOFFMANN.

Je veux te croire!... En vain mon cœur s'est alarmé!
Loin de moi cette crainte folle!
Un seul de tes regards m'enivre et me console
Antonia!

ANTONIA.

Cher bien-aimé!

HOFFMANN.

Ah! j'ai le bonheur dans l'âme!
Demain tu seras ma femme!
Heureux époux,
L'avenir est à nous!
A l'amour soyons fidèles!
Que ses chaînes éternelles
Gardent nos cœurs
Du temps même vainqueur.

ANTONIA.

Ah! j'ai le bonheur dans l'âme!
Demain, je serai ta femme!
Heureux époux,
L'avenir est à nous!
Chaque jour, chansons nouvelles!
Ton génie ouvre ses ailes!
Mon chant vainqueur
Est l'écho de ton cœur.

ENSEMBLE

6

HOFFMANN, souriant.

Pourtant, ô ma fiancée,
Te dirai-je une pensée
Qui me trouble malgré moi?...
La musique m'inspire un peu de jalousie;
Tu l'aimes trop !

ANTONIA, souriant.

Voyez l'étrange fantaisie!
T'aimé-je donc pour elle, ou l'aimé-je pour toi?
Car toi tu ne vas pas sans doute me défendre
De chanter, comme a fait mon père?

HOFFMANN.

Que dis-tu?

ANTONIA.

Oui, mon père, à présent, m'impose la vertu
Du silence.
                    Vivement.
                Veux-tu m'entendre?

HOFFMANN, à part.

C'est étrange!... Est-ce donc?...

ANTONIA, l'entraînant vers le clavecin.

Viens là, comme autrefois!
Écoute, et tu verras si j'ai perdu ma voix!

HOFFMANN.

Comme ton œil s'anime et comme ta main tremble!

ANTONIA, le faisant asseoir devant le clavecin et se penchant
sur son épaule.

Tiens, ce doux chant d'amour que nous chantions ensemble!

Elle chante, accompagnée par Hoffmann.

C'est une chanson d'amour
    Qui s'envole,
    Triste ou folle
    Tour à tour!
C'est une chanson d'amour!
    La rose nouvelle
    Sourit au printemps
    Las!... Combien de temps
    Vivra-t-elle?

ENSEMBLE.

C'est une chanson d'amour
    Qui s'envole,
    Triste ou folle
    Tour à tour!
C'est une chanson d'amour.

HOFFMANN.

    Un rayon de flamme
    Pare ta beauté!
    Verras-tu l'été,
      Fleur de l'âme?

ENSEMBLE.

C'est une chanson d'amour
    Qui s'envole,
    Triste ou folle
    Tour à tour!
C'est une chanson d'amour!

Antonia porte la main à son cœur et semble prête à défaillir.

HOFFMANN.

Qu'as-tu donc?... Tu souffres?

ANTONIA.

Non! ce n'est rien! encore!

HOFFMANN, écoutant.

Chut!

ANTONIA.

On monte l'escalier!... C'est mon père!... Viens!

Elle s'élance vers sa chambre et disparaît. Hoffmann se dispose à la suivre, puis s'arrête.

HOFFMANN.

Comment savoir?... (Avisant la fenêtre.) Ah! là!

Il se cache dans l'enfoncement de la fenêtre. Crespel paraît.

SCÈNE IX

CRESPEL, HOFFMANN, caché, puis FRANTZ.

CRESPEL, regardant autour de lui.

Personne!... C'est étrange!... Il m'avait semblé entendre un bruit de voix et de clavecin, et j'ai cru un moment, Dieu me pardonne!... que ce maudit Hoffmann était ici!... J'ai toujours peur qu'il ne vienne à retrouver Antonia!

HOFFMANN, à part.

Que dit-il?

CRESPEL.

Si encore il n'était pas musicien! S'il était seulement avocat ou médecin!... C'est cette damnée musique dont je ne veux plus entendre parler!

HOFFMANN, à part.

Est-il fou?

CRESPEL.

Allons!... allons!... il faudra me réfugier dans quelque coin si caché qu'il ne puisse jamais nous y découvrir.

Il s'assied près de la table. Frantz entre en scène.

FRANTZ.

C'est un homme tout noir qui demande à vous parler.

CRESPEL.

Son nom?

FRANTZ.

Le docteur Miracle!...

CRESPEL.

Le docteur Miracle!... lui! (Avec effroi.) Il est déjà venu chez moi le jour où ma femme mourut, les mains pleines d'affreux flacons...

SCÈNE X

CRESPEL, MIRACLE, HOFFMANN, caché.

MIRACLE, *arpentant le théâtre, à l'entrée de miracle, Frantz se sauve.*

Eh bien! Eh bien! Où est-il, ce bon monsieur Crespel, que je l'embrasse! Et sa chère fille, Antonia, que j'aime de tout mon cœur!... Ah! cette porte!...

Il se dirige vers la chambre d'Anto

CRESPEL, *l'arrêtant.*

Eh! monsieur!...

6.

MIRACLE.

Ah! vous voilà, monsieur Crespel? Enchanté!... Eh bien! Notre Antonia! La pauvre enfant est donc malade?

CRESPEL.

Qui vous a dit cela? Ce n'est pas vrai.

MIRACLE.

Ta! ta! ta! Ce n'est pas moi que l'on trompe!... Et votre fuite soudaine! Et la rupture du mariage? Et ces taches roses de fâcheux augure qui montaient aux joues d'Antonia, toutes les fois que le démon de la musique s'emparait d'elle! Ha! ha!

HOFFMANN.

Qu'entends-je?...

MIRACLE.

Chère belle!... Nous la guérirons. Menez-moi près d'elle, je vous prie.

CRESPEL.

Pour l'assassiner?... Si tu fais un pas de plus... je te jette par la fenêtre.

MIRACLE.

Eh! là! doucement! Je ne veux pas vous déplaire, et je traiterai votre fille à distance. *Il avance deux fauteuils.*

CRESPEL.

Que veux-tu faire?

MIRACLE.

Pour conjurer le danger
Il faut le connaître.
Laissez-moi l'interroger.

CRESPEL et HOFFMANN, caché.

L'effroi me pénètre !

ENSEMBLE.

MIRACLE, la main étendue vers la chambre d'Antonia.

A mon pouvoir vainqueur
Cède de bonne grâce !...
Près de moi, sans terreur,
Viens ici prendre place;
Viens !...

CRESPEL et HOFFMANN.

D'épouvante et d'horreur
Tout mon être se glace !
Une étrange terreur
M'enchaîne à cette place.
J'ai peur !

CRESPEL, s'asseyant sur le tabouret du clavecin.

Allons, parle, et sois bref !

Miracle continue ses passes magnétiques, la porte de la chambre d'Antonia s'ouvre lentement. Miracle indique par ses gestes qu'il prend la main d'Antonia, qu'il la mène près de l'un des fauteuils et la fait asseoir.

MIRACLE, indiquant l'un des fauteuils et s'asseyant sur l'autre.

Veuillez vous asseoir là !

CRESPEL.

Je suis assis !

MIRACLE, sans répondre à Crespel.

Quel âge avez-vous, je vous prie ?

CRESPEL.

Qui ? moi ?

MIRACLE.

Je parle à votre enfant.

HOFFMANN, à part.

Antonia !

MIRACLE.

Quel âge ?
Il écoute.

Vingt ans ?

CRESPEL.

Hein !

MIRACLE.

Le printemps de la vie !
Il fait le geste d'un homme qui tâte le pouls.

Voyons la main !

CRESPEL.

La main ?...

MIRACLE, tirant sa montre.

Chut ! Laissez-moi compter !

HOFFMANN, à part.

Dieu !... suis-je le jouet d'un rêve ?... Est-ce un fantôme !...

MIRACLE.

Le pouls est inégal et vif ; mauvais symptôme !...
Chantez !...

CRESPEL, se levant.

Non, non, tais-toi !... Ne la fais pas chanter !...
La voix d'Antonia se fait entendre dans l'air.

MIRACLE.

Voyez, son front s'anime, et son regard flamboie !...
Elle porte la main à son cœur agité !...
Il semble suivre Antonia du geste, la porte de la chambre se ferme brusquement.

CRESPEL.

Que dit-il ?

MIRACLE, se levant et remettant l'un des fauteuils en place.

Il serait dommage, en vérité,
De laisser à la mort une si belle proie !...

CRESPEL.

Tais-toi !...
Il repousse violemment l'autre fauteuil.

MIRACLE.

Si vous voulez accepter mon secours,
Si vous voulez sauver ses jours,
J'ai là certains flacons que je tiens en réserve...
Il tire plusieurs flacons de sa poche et les fait sonner comme des castagnettes.

CRESPEL.

Tais-toi !

MIRACLE.

Donc, il faudrait...

CRESPEL.

Tais-toi ! Dieu me préserve
D'écouter tes conseils, misérable assassin !...

MIRACLE.

Donc il faudrait chaque matin...

MIRACLE.

Et oui, je vous entend !
Tout à l'heure ! Un instant !
Des flacons ! pauvre père
Vous en serez, j'espère,
Content.

CRESPEL.

Va-t'en ! va-t'en ! va-t'en !
Hors de chez moi, Satan !
Redoute la colère
Et la douleur d'un père !
Va-t'en !

ENSEMBLE

HOFFMANN, à part.

A la mort qui t'attend,
Je saurai, pauvre enfant,
T'arracher, je l'espère !
Tu ris en vain d'un père,
       Satan !

MIRACLE, continuant toujours avec le même flegme.

Donc il faudrait...

CRESPEL.

Va-t'en !

MIRACLE.

Chaque matin...

CRESPEL.

Va-t'en !

Il pousse Miracle dehors par la porte du fond et la referme sur lui.

Ah ! le voilà dehors et ma porte est fermée !
Nous sommes seuls enfin,
Ma fille bien-aimée !

MIRACLE, rentrant par la muraille.

Donc il faudrait chaque matin...

CRESPEL.

Ah ! misérable !
Viens ! Viens !... Les flots puissent-ils t'engloutir !
Nous verrons si le diable
T'en fera sortir !

CRESPEL.

ENSEMBLE

Va-t'en ! Va-t'en ! Va-t'en !
Hors de chez moi, Satan !
Redoute la colère
Et la douleur d'un père !
       Va-t'en !

HOFFMANN, à part.

A la mort qui t'attend
Je saurai, pauvre enfant,
T'arracher, je l'espère !
Tu ris en vain d'un père,
        Satan !

MIRACLE.

Donc, il faudrait...

CRESPEL.

Va-t'en !

MIRACLE.

Chaque matin...

CRESPEL.

                        Va-t'en !

Il suit Miracle qui sort à reculons en faisant toujours sonner ses flacons. Ils disparaissent ensemble.

SCÈNE XI

HOFFMANN, seul, puis ANTONIA.

Hoffmann redescend en scène.

HOFFMANN.

Ne plus chanter !... Voilà son arrêt !... Que lui dire ?...
Que faire ?... Je ne veux pas l'épouvanter !... L'amour seul
peut obtenir d'elle un pareil sacrifice.

ANTONIA, paraissant à la porte de sa chambre.

Eh bien ? tu as vu mon père ?... Que t'a-t-il dit ?

HOFFMANN, lui prenant les mains.

Ne me demande rien !... Plus tard, tu sauras tout !... Ce que je peux te dire, Antonia, c'est que, pour m'appartenir, il faut que tu renonces à tes rêves d'artiste!... Plus de théâtre ! plus de chant! plus de gloire !... Auras-tu ce courage ?...

ANTONIA.

Mon Dieu !

HOFFMANN.

C'est Antonia que j'aime, et non sa voix !

ANTONIA.

C'est bien ! dispose de moi !

HOFFMANN.

Tu me jures?...

ANTONIA.

Oui !

HOFFMANN.

Chère Antonia !... Ce sera trop peu de toute ma vie pour m'acquitter envers toi !... Ton père peut revenir d'un moment à l'autre ; je ne veux pas qu'il me retrouve ici. A demain !

ANTONIA.

A demain !...

Hoffmann sort.

SCÈNE XII

ANTONIA, puis MIRACLE.

ANTONIA, allant ouvrir une des portes latérales.

Quel est donc ce secret qu'on ne veut pas me dire?...

De mon père aisément il s'est fait le complice !...
　　Allons ! les pleurs sont superflus !
　Je l'ai promis ; je ne chanterai plus !

Elle se laisse tomber sur le fauteuil.

MIRACLE, surgissant tout à coup derrière elle et se penchant à son oreille.

Tu ne chanteras plus ? Sais-tu quel sacrifice
S'impose ta jeunesse, et l'as-tu mesuré ?
La grâce, la beauté, le talent, don sacré !
Tous ces biens que le ciel t'a livrés en partage,
Faut-il les enfouir dans l'ombre d'un ménage ?...
N'as-tu pas entendu, dans un rêve orgueilleux,
Ainsi qu'une forêt par le vent balancée,
Ce doux frémissement de la foule pressée
Qui murmure ton nom et qui te suit des yeux ?
Voilà l'ardente joie et la fête éternelle
Que tes vingt ans en fleur sont près d'abandonner
Pour les plaisirs bourgeois où l'on veut t'enchaîner,
Et des marmots d'enfants qui te rendront moins belle !

ANTONIA, sans se retourner.

Ah ! quelle est cette voix qui me trouble l'esprit ?
Est-ce l'enfer qui parle, ou Dieu qui m'avertit?
Non, non, ce n'est pas là le bonheur, voix maudite !
Et contre mon orgueil, mon amour s'est armé !
La gloire ne vaut pas l'ombre heureuse où m'invite
　　La maison de mon bien-aimé !

7

MIRACLE.

Quelles amours sont donc les vôtres?
Hoffmann te sacrifie à sa brutalité;
Il n'aime en toi que ta beauté
Et pour lui, comme pour les autres,
Viendra bientôt le temps de l'infidélité!
Alors, quelque femme nouvelle
Dans son cœur te remplacera;
L'art seul alors te restera;
Seul il console et seul il est fidèle!

Il disparait.

ANTONIA, se levant.

Non, ne me tente plus!... Va-t'en
Démon!... Je ne veux plus t'entendre!
J'ai juré d'être à lui, mon bien-aimé m'attend!
Je ne m'appartiens plus et ne puis me reprendre!
Et tout à l'heure encor, sur son cœur adoré,
Quel éternel amour ne m'a-t-il pas juré!...
Ah! qui me sauvera du démon, de moi-même?...
Ma mère! ô ma mère! je l'aime!

Elle va tomber en pleurant près du clavecin.

MIRACLE, reparaissant derrière Antonia.

Ta mère?.... oses-tu l'invoquer?
Ta mère?... Mais n'est-ce pas elle
Qui parle et par ma voix, ingrate, te rappelle
La splendeur de son nom que tu veux abdiquer?
C'est d'elle que tu tiens la vie,
D'elle ta voix et ton génie,
Et c'est sa gloire, enfin, à qui tu vas manquer!...

*Le portrait s'éclaire et semble s'animer. C'est le fantôme de la mère qui apparaît
à la place de la peinture.*

Écoute!

ANTONIA.

Ciel!

MIRACLE.

Écoute!...

ANTONIA.

Dieu! ma mère!...

ENSEMBLE.

LE FANTOME.

Chère enfant que j'appelle
Comme autrefois,
C'est ta mère, c'est elle!
Entends sa voix!
Au Dieu qui t'inspire et t'enflamme,
Ton cœur en vain a résisté;
A lui ta vie, à lui ton âme!
Et ta jeunesse et ta beauté!

ANTONIA.

Ma mère!

MIRACLE.

C'est sa voix, l'entends-tu?
Sa voix, meilleure conseillère,
Qui te lègue un talent que le monde a perdu!
Écoute!... Elle semble revivre,
Et le public lointain de ses bravos l'enivre!

ANTONIA, se levant.

Ma mère!

MIRACLE.

Mais reprends donc avec elle!...

Il saisit un violon et accompagne avec une espèce de fureur.

ENSEMBLE.

ANTONIA.

Oui, son âme m'appelle,
Comme autrefois!
C'est ma mère, c'est elle!
J'entends sa voix.

LE FANTOME.

Chère enfant que j'appelle,
Comme autrefois!
C'est ta mère, c'est elle!
Entends sa voix!

ANTONIA.

Non!... Assez!... je succombe!

MIRACLE.

Encore!

ANTONIA.

Je ne veux plus chanter!

MIRACLE.

Encore!

ANTONIA.

Quelle ardeur m'entraîne et me dévore?

MIRACLE.

Encore! Pourquoi t'arrêter?

ANTONIA, haletante.

Je cède au transport qui m'enivre!...
Quelle flamme éblouit mes yeux!...
Un seul moment encore à vivre,
Et que mon âme vole aux cieux!...

LE FANTOME.

ENSEMBLE

Chère enfant que j'appelle,
Etc.

ANTONIA.

C'est ma mère, c'est elle!
Etc.

ANTONIA.

Ah!

Elle vient tomber mourante sur le cahapé. Miracle s'engloutit dans la terre en poussant un éclat de rire. Le fantôme disparaît et le portrait reprend son premier aspect.

SCÈNE XIII

ANTONIA, CRESPEL, puis HOFFMANN, NICKLAUSSE, MIRACLE et FRANTZ.

CRESPEL, accourant.

Mon enfant! ma fille!... Antonia!

ANTONIA, expirante.

Mon père!
Écoutez!... c'est ma mère
Qui m'appelle!... Et lui, de retour...
C'est une chanson d'amour...
Qui s'envole...
Triste ou folle...

Elle meurt.

CRESPEL.

Non!... un seul mot!... un seul!... Ma fille... parle-moi,
Mais parle donc!... mort exécrable!...
Non!... pitié!... grâce!... éloigne-toi!....

HOFFMANN, entrant précipitamment.

Pourquoi ces cris?

CRESPEL.

Hoffmann!... Ah! misérable!
C'est toi qui l'as tuée!...

HOFFMANN, courant à Antonia.

Antonia!

CRESPEL, courant avec égarement.

Du sang.
Pour colorer sa joue!... Une arme,
Un couteau!

Il saisit un couteau sur une table et va pour s'élancer sur Hoffmann.

NICKLAUSSE, entrant en scène et arrêtant Crespel.

Malheureux!

HOFFMANN, à Nicklausse.

Vite! donne l'alarme!
Un médecin!... un médecin!...

MIRACLE, paraissant.

Présent!

Il s'approche d'Antonia et lui tâte le pouls.

Morte!...

CRESPEL, éperdu.

Ah! Dieu! Mon enfant! Ma fille!...

HOFFMANN, avec désespoir.

Antonia!

Frantz est entré le dernier et s'est agenouillé près d'Antonia.

ÉPILOGUE

Tous les Personnages du Prologue en extase devant HOFFMANN qui vient de finir ses contes.

HOFFMANN.

Voilà quelle fut l'histoire
De mes amours,
Et dans ma mémoire
L'image en vivra toujours.

LE CHŒUR.

Bravo, Hoffmann, bravo

HOFFMANN.

Rêve et démence, à nous le vertige divin
Des esprits de l'alcool, de la bière et du vin,
A nous l'ivresse et la folie,
Le néant par qui l'on oublie
Olympia... brisée!...
Giulietta... perfide...
Antonia... morte...
C'est vers elle pourtant que mon âme s'emporte!

En proie au délire de la mort il commence à chanceler. Il chante comme devant un rêve.

O Dieu! de quelle ivresse embrases-tu mon âme!
Comme un concert divin ta voix m'a pénétré,

D'un feu doux et brûlant mon être est dévoré,
Tes regards dans les miens ont épanché leur flamme.
    Comme des astres radieux,
    Et je sens, ô ma bien-aimée!
    Passer ton haleine embaumée
    Sur mes lèvres et sur mes yeux!

    Ah! tout mon calvaire est gravi!...
    Sonne, mon heure!... horloge, compte.
    Genre humain, dans mon dernier conte,
    C'est mon cœur que je t'ai servi.

                            Il tombe mort.

        TOUS, poussant un cri.

        Ah!

FIN.

IMPRIMERIE CHAIX, 20, RUE BERGÈRE, PARIS. — 1828-1-04. — (Encre Lorilleux).

www.ingramcontent.com/pod-product-compliance
Lightning Source LLC
Chambersburg PA
CBHW060456260626
47161CB00005B/2136